Ginny

Océane Velay

Ginny

Roman

ISBN : 979-10-422-2151-5

Je suis née avec des chiens. J'ai grandi avec des chiens. Ils font partie de ma vie et de mon développement personnel. La première chienne que j'ai eue s'appelait Bibi. Un croisé boxer blanc et taché de noir. J'adore raconter l'histoire de ma mère enceinte, protégée par Bibi. Elle me racontait que même les aides-soignantes ne pouvaient s'approcher du lit sur lequel elle était. Bibi était un cœur d'ange. Malgré quelques bêtises (certaines conséquentes), elle était loyale et douce. Bibi, c'était la chienne capable de se promener seule et de revenir à la maison.

Puis est venu Gaspère, le chat de gouttière. Je jouais beaucoup avec lui. D'une douceur extrême, il me donnait parfois des petits coups de pattes sans griffe sur la joue quand j'allais trop loin. Il a été le seul chat de ma vie. Pour le moment. Chat indépendant qui s'était trouvé une seconde famille. Le plus étonnant dans cette histoire est qu'ils lui avaient donné le même nom que nous. Était-ce lui qui l'avait choisi ?

Puis est venue Pupuce. Un cocker anglais noir. Je n'ai plus jamais rencontré de chiens aussi sages qu'elle. Elle était joueuse et câline. Parfaite pour une enfant. Mon frère lui a appris tous les ordres qu'elle devait connaître, il me semble. On promenait Bibi et Pupuce dans la forêt, sans laisse. Elles revenaient à chaque fois. Même si cela prenait parfois plus de temps. Enfant, j'avais une confiance aveugle en ces deux chiennes. Et je les aimais. Tellement fort.

J'ai eu une immense peine quand je les ai perdues. Je ne peux contenir ma tristesse face aux souvenirs de détresse de mes amours. J'ai eu la chance de faire la dernière balade de Pupuce. Elle m'a donné ce privilège.

Quelques années se sont écoulées sans animal de compagnie. Mes parents ont pris la décision d'adopter un jeune chien cavalier King Charles blanc et marron. Ils l'ont appelé Gulliver. J'étais un peu plus âgée. Je devais avoir 14-15 ans quand il a rejoint la famille. Je me rendais compte de ce que ça impliquait. Mais je n'imaginais pas qu'il prendrait une si grande place dans mon cœur. Gulliver avait le droit au canapé. Combien de temps ai-je passé à dormir en le serrant dans mes bras ? Je l'aimais profondément. Quelques mois se sont passés avant ce terrible accident. Il avait peur. De tout. Il a eu peur et s'est enfui sur la route. Il s'est fait renverser. Il n'était qu'un chiot à mon sens. Cela a été très difficile. De le voir inerte. De ne plus le prendre dans mes bras. De ne plus l'entendre. Ni le sentir. J'ai beaucoup souffert de cette perte. Tellement, que je refusais absolument d'avoir d'autres chiens.

Mais « Quand on tombe de cheval, il faut vite remonter dessus ». Mon père a eu raison quand il m'a donné ce proverbe. J'ai accepté la venue d'un nouveau chien. Un beagle. Je l'ai nommé Stela. Stela m'a comblé de joie. J'étais sceptique. Mais elle a su se frayer un chemin jusqu'au fond de mon cœur. Elle a beaucoup pleuré les premières nuits. Je descendais pour la prendre dans mes bras et apaiser son chagrin. Je me vois encore assise au sol, Stela dans mes bras. Un tout petit être qui avait besoin de réconfort.

Lorsque j'ai emménagé avec mon mari, les animaux me manquaient terriblement. Combien d'années ai-je passées à lui demander un chien ? Nous étions dans les bois lorsqu'il s'est ouvert à la discussion. Je sentais la douce odeur de la nature et l'air frais sur ma peau. Puis, il a fléchi. Je me suis beaucoup renseigné sur les races de chiens compatibles à notre mode de vie. Une race ressortait alors : le shiba inu. Indépendant, le shiba inu peut supporter l'absence de ses propriétaires lors des journées de travail. Peu bruyant, il est parfait en tant que chien d'appartement. Il faudra le sortir au minimum 2 h par jour. Mon mari fera la balade du matin, et je ferai celle du soir. On commençait à s'organiser. Je me souviens lui avoir chuchoté lors d'un câlin dans la cuisine : « Bientôt, il y aura un chien qui nous sautera dessus ».

1
L'adoption

Nous avons longtemps réfléchi. C'est en novembre 2019 que nous visitons pour la première fois un élevage de shiba inu. Nous avons craqué sur une portée âgée d'un mois. Leur mère était douce et câline. Nous espérions retrouver ce comportement chez notre chien. Il fallait choisir parmi quelques chiots. Quel choix difficile ! Ils étaient tous parfaits pour moi. Peu importe lequel nous rejoindrait, je serais heureuse. J'ai laissé ce choix à mon mari. Il a choisi une petite femelle. Celle qui jouait le plus. Elle avait le museau noir, de grosses pattes et une toute petite tête. Ses oreilles tombaient encore. L'éleveur nous a assuré que cette femelle sera une crème et qu'elle sera magnifique. Nous repartions, photo à l'appui, le cœur rempli de joie. En l'attendant, nous réfléchissions au meilleur prénom pour elle. Et c'est sur le quai du tram que l'idée me traversa l'esprit.

Elle s'appellera Ginny. Il nous fallut attendre un mois, pour la récupérer le 30 décembre 2019. Un long voyage en voiture pour la rejoindre. Elle était la dernière de la portée. Toujours aussi joueuse, nous avions eu du mal à l'attraper. Elle sautait d'enclos en enclos ! Mais une fois que je l'ai tenu dans mes bras… Je ne pouvais plus la lâcher. Mon cœur s'est arrêté de battre. L'émotion m'a envahi. Assise sur la chaise pour faire les papiers, Ginny dans mes bras. Je ne pouvais résister à son odeur de paille. Son bidon rose et son petit museau humide. C'est à partir de ce moment-là que j'ai compris qu'il ne s'agissait pas seulement d'un chien. Il s'agissait d'un petit être totalement dépendant de nous. À partir de ce moment, j'avais son destin entre les mains. Je ne pouvais m'empêcher de penser à tout ce qu'on allait vivre et à ce petit être dont j'avais la responsabilité dès à présent. L'émotion fut forte et je manquais de pleurer dans le bureau de l'éleveur. Les larmes aux yeux et la gorge nouée, je ne prononçais aucun mot.

Je n'ai même pas réalisé que les papiers étaient faits au nom de mon mari. Je voulais tellement que mon prénom soit associé à cette adoption !

Dans la voiture, sur le chemin du retour, elle s'est allongée contre moi. Le long de ma poitrine et de mon ventre, tout près de mon cœur. J'ai fait une grande partie du voyage dans cette position. J'ai dû la donner à mon mari un petit peu. Lui aussi avait besoin de cette proximité. On a profité d'un arrêt pour la changer de place. Nous étions accompagnés par le frère de mon mari qui conduisait. Mais quelques secondes après cet arrêt, lorsque nous reprenions la route… Premier vomi. Et voilà nos premières responsabilités : nettoyer cet incident. Heureusement, nous avions prévu une serviette de plage à mettre sous elle afin qu'elle ne salisse pas la voiture.

J'étais soulagée d'arriver enfin à l'appartement. Et ce moment restera à jamais gravé dans ma mémoire. Timide, elle n'osait pas trop bouger au début. Mais très vite, elle s'est mise à renifler chaque recoin de son nouveau lieu de vie. J'avais tout prévu pour son arrivée. Un bon bol d'eau fraîche avec l'inscription « The good dog ». Un super panier bleu ciel, des jouets. Nous avions décidé de lui laisser son sac de transport. Nous avions lu que cela pouvait l'aider à se rassurer. Nous avions même prévu le petit collier bleu apaisant. Elle avait également sa laisse et son collier. Nous avions choisi de mettre son panier dans la cuisine, salle la plus petite et la moins dangereuse de l'appartement. Elle avait un grand coussin pour son tout petit corps. Il paraît que les petites salles sont moins anxiogènes pour les chiots. Un petit lieu clos les rassurerait.

Nous avions pris les croquettes que l'éleveur lui donnait. De toutes petites croquettes prévues pour les chiots. La première fois qu'elle en mangea nous étions attendris par la façon dont elle les prit. Tout délicatement. Le craquement des croquettes sous ses canines nous faisait fondre. Nous avions vite compris qu'elle s'autorégulait. Elle ne mangeait pas toute sa nourriture d'un coup, mais la faisait durer dans le temps. Très vite, la nourriture est devenue un sujet d'inquiétude. Elle ne mangeait pas suffisamment. Il lui arrivait de sauter plusieurs repas. Nous avions alors tenté de changer de croquettes, mais rien n'y faisait.

Sa première nuit a été très compliquée. Nous nous attendions à ce qu'elle pleure, mais nous pensions que ce serait atténué par le fameux collier apaisant et sa place dans la cuisine. Elle cria toute la nuit. Chacun de ses cris me brisait le cœur. Les voisins, peu attentionnés, tapaient contre son mur. Ça l'angoissait davantage et elle criait encore plus fort. Nous ne savions pas comment réagir face à sa détresse. Nous avions tenté d'être fermes, d'être rassurants et de l'ignorer. Rien ne fonctionnait. Et elle continuait de crier.

Le lendemain matin, au réveil, j'étais émerveillée d'avoir adopté un petit ange. Je ne pouvais cacher mon émotion. Et je filais très vite à la cuisine, libérer Ginny.

Nous avions passé notre réveillon du Nouvel An seuls avec Ginny, en tant que famille. En effet, nous ne voulions pas la stresser en la laissant seule ou en organisant une fête chez nous. Alors le soir, après notre dîner en tête à tête, nous l'avions promené dans notre quartier. Il y a des maisons là où nous sommes et ça sentait le feu de bois. C'était une soirée parfaite.

Les promenades étaient courtes, mais Ginny semblait les apprécier. Je me souviens de sa toute première balade. Elle avait un petit harnais violet, bleu et orange et la laisse était courte. Nous pensions que c'était suffisant pour un chiot. Inévitablement, elle tirait sur sa laisse. Elle dandinait sa hanche et sa petite queue de gauche à droite. Et je trouvais cela adorable.

Elle n'était pas propre. Normal pour un chiot. Nous avions prévu des alèses dans l'appartement et elle comprit vite le fonctionnement.

Nous jouons beaucoup avec elle. Nous avions prévu des jouets pour les dents de chiot et d'autres petites cordes et balles. Son jouet préféré était la corde. Elle aimait tirer dessus de toutes ses forces. Elle n'avait pas encore compris le principe de la balle de tennis. Nous la lui lancions, elle courrait jusqu'à la balle, mais ne la ramenait pas et ne la lâchait pas. Elle chassait. Nous avions proscrit les jouets rembourrés de mousse par peur qu'elle ne les mange. Cependant, elle adorait sa corde et ses jouets en silicones dits indestructibles. Parfois, elle s'endormait sur le canapé avec sa corde.

C'étaient d'ailleurs mes moments préférés. Lorsqu'elle venait s'allonger avec moi sur le canapé. Nous faisions des siestes toutes les deux. C'était un moment privilégié de câlins. Je la serrais tout doucement contre mon cœur. Je ne voulais pas lui faire de mal et elle me paraissait si fragile.

L'attente fut longue avant de la sortir à l'extérieur de notre cour. Nous avions trouvé un super vétérinaire au centre-ville. Lors du premier appel pour prendre rendez-vous, il me dit que je pouvais la sortir. Elle risquait de tomber malade au contact d'autres chiens, mais il fallait absolument la socialiser le plus rapidement possible. Nous avions donc pris la décision de lui offrir sa première balade hors de chez nous. Dans son tout petit harnais et avec sa toute petite laisse, nous sommes sortis dans la rue. Elle reniflait chaque trottoir, chaque feuille, chaque recoin. Nous avons pris une demi-heure pour aller jusqu'au bout de la rue. Elle marchait un petit peu, reniflait, puis s'asseyait. Petit à petit, au fil des jours, nous réussissions à faire une petite boucle. Elle marchait de plus en plus. Nous la sortions souvent pour lui apprendre à faire ses besoins à l'extérieur. Elle comprit assez vite. Nous avons découvert la joie de la rattraper pour lui mettre le harnais. C'était devenu notre quotidien. Elle s'enfuyait jusqu'au fond de la cuisine, puis nous pouvions le lui mettre.

Nous laissions Ginny seule à la maison quelque temps pour qu'elle s'habitue à notre absence. Il fallait d'abord sortir 10 minutes, puis 20, puis 30. Puis une heure, puis deux. Elle pleurait toujours quand on la laissait seule. C'était déchirant de descendre les étages et d'entendre sa détresse. Mais c'était pour son bien. Nous allions bientôt reprendre le travail.

C'était pour moi la reprise du travail et des cours. Mon mari restait quelques jours de plus avec elle. Jusqu'à cette première journée seule. Lorsque l'on quittait l'appartement, elle criait. Nous l'avions enfermé dans la cuisine avec son panier pour plus de sécurité et de sérénité. Elle se sentirait plus en confiance et pleurerait moins. C'était un déchirement de la laisser seule et de l'entendre autant pleurer. Durant la journée, je ressentais terriblement son absence. Elle me manquait et je ne pensais qu'à elle.

Quand mon mari reprit le travail, je rentrais de temps en temps la première à l'appartement. Le cœur plein de joie, je passais les clés dans la serrure. Je l'entendais crier encore un peu. Elle m'avait entendu arriver. Lorsque je passais la porte de l'appartement, je m'empressais de lui ouvrir la porte de la cuisine. Elle courait alors vers moi. L'accueil était ravissant ! Je n'avais pas enlevé mes chaussures. Alors que je voulais lui faire un énorme câlin, elle se ruait sur mes lacets. Comme c'était drôle de la voir mordiller mes lacets. Comme elle était mignonne ! Très vite, je nettoyais la cuisine et lui enfilais le harnais. C'était l'heure de la sortie. C'était l'automne et les feuilles dansaient. Ginny les prit en chasse. Elle les regardait, les attendait, et leur courait après avant de les attraper ! C'était très drôle à voir. Elle s'amusait énormément. C'est la première fois qu'elle se secouait. Elle commençait par secouer sa tête, puis son corps, puis finissait par sa petite queue. Et je trouvais ça adorable.

Ginny aimait se mettre au-dessus du canapé. Elle y mangeait nos cheveux. Je trouvais ça à la fois amusant et très vite ennuyant. Nous avions entendu pour la première fois le terme de domination canine. Il s'agirait d'une hiérarchie dans la meute du chien. Avec des dominés et un dominant. Ginny serait une dominante. Très vite, on nous a également appris que cette pratique n'existait pas chez les chiens. Premier mythe de l'éducation canine, la dominance se trouvant chez les loups.

Le soir, elle se mit à me mordre les jambes. Elle prenait mon pantalon dans sa gueule et le secouait vivement de gauche à droite. Ses petites dents aiguisées me faisaient mal. J'ai tout essayé pour qu'elle arrête ce comportement qui me dérangeait fortement. Je l'ai ignoré, j'ai été sévère, l'ai prise par la peau du cou comme l'éleveur nous l'avait suggéré.

Je lui ai même tapoté les fesses avec un rouleau de sopalin. Rien ne fonctionnait. Ce soir-là, j'ai craqué. Elle courait pour m'attraper. Et ses dents traversaient mon pantalon. Je l'ai vécu comme une attaque. Je ne comprenais pas ce comportement. Je me suis réfugiée dans la chambre et j'ai pleuré. Ce petit être que je chérissais tant ne m'aimait pas : elle m'attaquait tous les soirs. Nous avons fait appel à notre première éducatrice canine. Au téléphone, je pleurais en lui racontant tous mes malheurs. Nous la rencontrions vite.

2
L'éducation

Nous étions débutants en éducation canine. Nous avons commis des erreurs. L'éducatrice est venue rapidement chez nous. Elle était douce et patiente. Elle venait voir l'environnement de Ginny afin de faire un bilan comportemental. Première nouvelle : la mettre dans la cuisine était une erreur. En effet, le plus rassurant aurait été de la laisser dormir avec nous, dans la chambre. Et petit à petit, nous aurions dû décaler son coussin jusqu'à l'endroit souhaité. Nous laisserons la chambre ouverte à l'avenir. Deuxième nouvelle : ne surtout pas la punir avec le rouleau de sopalin ni la prendre par la peau du cou. Cela détériore la relation que nous fabriquons avec elle. Très vite, l'éducatrice nous rassurait. Quelques cours avec elle et le problème serait réglé. Elle nous suggéra de l'ignorer quand elle me mordait. Le fait est qu'elle cherchait à attirer mon attention en mordillant ma jambe et mon pantalon. Il ne fallait pas attendre les vaccins avant de la sortir, mais faire tout de même attention aux lieux et aux chiens qu'elle fréquentait. Elle avait besoin de rencontrer des congénères pour sa socialisation. Le reste était bien. Nous avions eu raison de prendre quelques jours de congés pour sa venue.

La nuit suivante, nous laissons son coussin dans le salon. Nous avions bien compris que la cuisine ne fonctionnait pas.

Le soir, allongée dans le lit, je ne pouvais m'empêcher de sourire. Ginny était loin de s'endormir, elle tournait dans l'appartement. Nous entendions ses petites griffes sur le parquet. Elle se baladait dans tout le salon. Reniflait chaque recoin. Elle était adorable. J'ai mis du temps à m'endormir. Ce soir-là, je m'endormais avec le sourire.

Les nuits suivantes, elle commençait à venir dans le lit avec nous. J'étais la plus heureuse. Elle s'allongeait à nos pieds. Elle me réchauffait. Je m'endormais paisible. Elle ne restait jamais longtemps avec nous. Une heure peut-être. Puis elle retournait vaquer à ses occupations de chiot. Le matin, nous étions heureux de la retrouver. La première action de la journée était de lui dire bonjour. Elle était paisible dans son coussin, nous la caressons doucement.

Le soir, elle continuait à me mordiller, mais nous écoutions l'éducatrice et je l'ignorais. Ça n'a pas vraiment fonctionné.

Nous avons fait notre premier cours avec l'éducatrice, dans les bois. C'était la première sortie de Ginny dans les bois. Dans les feuilles mortes, Ginny s'amusait plus que jamais. Elle noircissait son museau de terre. Elle rencontrait d'autres chiens et s'est avérée être une grande joueuse. Elle était finalement vaccinée. Arrivés à destination, l'éducatrice nous accueillit avec le sourire. Nous sommes allés dans une petite prairie où nous voyons la tour Eiffel. Nous apprenions le rappel. Nous avions acheté une longe de 10 mètres spécialement pour ces cours. Nous commencions par la laisser renifler à sa guise. Puis nous l'appelions. Elle ne vint pas tout de suite. Au fur et à mesure du cours, nous apprenions à nous comporter avec elle. L'intonation de la voix, la gestuelle, la récompense… Nous lui donnions des morceaux de saucisses quand elle revenait vers nous. Elle comprit vite que lorsqu'on l'appelait et qu'elle revenait, elle avait le droit à ces friandises. L'opération fut un franc succès ! Et voilà comment nous avons appris à la faire revenir. Car lorsque l'on prend des cours canins, c'est surtout pour nous, humains. Nous comprenons comment interagir avec elle et notre relation évolua.

Nous avons adopté l'éducation positive présentée par notre éducatrice canine. Cette pratique consiste à récompenser les bons comportements et à ignorer la plupart des mauvais. Nous apprenions tout à Ginny de cette façon : la marche au pied, le stop, l'arrêt au passage piéton, contourner les objets…

C'est un nouveau jour d'éducation pour Ginny. Il s'agissait d'un cours collectif. Ginny courait partout. Elle voulait jouer. Mais finissait par revenir quand on lui demandait. Chacun notre tour, nous l'appelons. Et quel bonheur de la voir courir vers nous ! Nous avons fini le cours sur de l'agility. Elle slalomait autour des petits poteaux et passait à travers le tunnel bleu. Au début, elle s'arrêtait au milieu du tunnel. Puis, elle a fini par comprendre et courir à travers. Elle était heureuse. Le retour fut difficile. Ginny était très fatiguée de sa matinée d'éducation. Mon mari a dû la prendre dans ses bras pour rentrer à la maison. Il l'a porté pendant une bonne demi-heure. Elle était encore légère. Toute petite. Ses pattes étaient pleines de boue et le manteau de mon mari en fut complètement recouvert. Quand nous sommes rentrés, elle dormit pendant une heure. Elle retrouvait très vite son énergie et le temps était venu de jouer. Ce soir, elle était plus calme. Elle ne m'attaqua pas.

Les cours continuaient et les balades dans les bois étaient un réel plaisir. Ginny y rencontrait beaucoup de chiens et elle jouait beaucoup. Nous avons rencontré un autre shiba. Plus âgé qu'elle et bien moins amical. J'étais inquiète quand ce dernier s'est jeté sur elle. Elle était sur le dos, l'autre chien au-dessus d'elle. Il lui aboyait dessus et sa gueule frôlait le visage de ma chienne. Il grognait et la plaquait au sol. C'était effrayant ! Sa propriétaire nous dit de laisser faire. Et en effet, sans blessés, la situation prit fin. Ils sont maintenant d'incroyables amis. Ginny s'est fait agresser quelques fois par plusieurs chiens. Heureusement, elle n'a jamais été blessée. Je pris petit à petit peur de la promener dans les bois. Mais cette peur n'était rien face à la joie de Ginny. Je continuais les balades dans les bois. Je me plaisais à m'asseoir sur un banc d'une prairie. Je savais que dans celle-ci, beaucoup de chiens venaient y jouer. C'était l'occasion pour moi de lire un bon bouquin et pour Ginny de s'y faire de nouveaux amis. Je l'emmenais ici avec la longe et la laissait vaquer à ses occupations. La plupart du temps, elle s'amusait avec un bâton. Quelques fois, je devais lui lancer sa balle.

Ginny avait désormais grandi. Elle était arrivée à la moitié de sa taille. Nous avons changé de harnais. Celui-ci était rouge à carreaux et respectait sa morphologie. Il lui dégageait les épaules, ce qui est le mieux pour les chiens. Les balades s'allongeaient au fur et à mesure qu'elle grandissait. J'allais la promener seule dans les bois. C'était un moment de privilège. Une heure de pur bonheur. J'entendais les oiseaux, le soleil de printemps me réchauffait et Ginny était heureuse.

Nous l'emmenions partout. Une fois, nous l'avons emmenée au café en face de la mairie. Notre café favori du coin. Nous buvions alors un verre quand nous avions vu un couple de loin. Ils se baladaient avec un bébé shiba inu noir et feu. J'ai craqué en voyant sa petite bouille. Il marchait lentement, comme Ginny le faisait au début. Par chance, ils sont venus nous parler en voyant Ginny. Nous avons échangé sur nos toutous. La façon dont les choses passaient si vite et la façon dont nous les éduquions. Nous avons échangé nos numéros pour d'éventuelles balades. Quelle bonne idée ! En attendant, les deux chiens faisaient connaissance. Nous ignorions qu'ils allaient devenir de si grands amis et que nous partagerons tant de choses. Il s'appelait Tayl. Et il était beaucoup trop mignon. Une nostalgie m'envahit. Ginny grandissait si vite… Je les mettais en garde contre le temps qui passait. En discutant, nous nous sommes rendu compte qu'ils venaient tous deux du même élevage. Ils étaient cousins.

L'éducation d'un chien passe aussi par sa socialisation. C'est pourquoi je continuais à l'emmener dans les bois. J'avais un peu peur à la suite d'un épisode de violence avec un berger allemand. Ginny a certainement eu très peur et a beaucoup crié. Je n'étais pas là. Mon mari m'avait tout raconté. J'avais alors peur des grands chiens qui pouvaient facilement faire du mal à ma petite Ginny, et c'est dans ce contexte que j'en croisais un. Un énorme chien, seul, sans laisse ni propriétaire. Dans un moment de panique, j'appelais mon conjoint. Il me racontait qu'il l'avait déjà rencontré et que ce chien était un amour. Et ce dernier s'enfuit, rappelé par son propriétaire.

Quelques semaines plus tard, en me baladant dans les bois, je croisais de nouveau ce chien. Il était accompagné de ses propriétaires et mon mari était là. Il s'agissait en fait d'une chienne, nommée Nala. Son propriétaire est comportementaliste canin et promeneur. Nous avons discuté un bon moment avec eux et j'ai pris sa carte. En effet, Nala était très douce et docile. Bien qu'il s'agisse d'une grande chienne d'une trentaine de kilos, elle s'allongeait pour jouer avec Ginny. Nous sommes rapidement devenus amis et j'appréciais me balader avec eux le soir.

Puis, un soir de mars 2020, nous ne nous attendions absolument pas à ça. Un mot : confinement. Le premier confinement de la COVID-19. Nous pouvions sortir pour les besoins de nos chiens dans la limite kilométrique. Cela signifiait, pour nous, que nous ne pouvions plus aller dans les bois. À défaut des bois, nous avions trouvé deux endroits où il y avait un peu d'herbe. Le premier était entre des bâtiments, un petit havre de paix avec deux arbres et un petit pré. J'aimais y emmener Ginny pour lire ou pour jouer avec les bâtons. Le deuxième endroit était entre deux routes, une petite parcelle d'herbe dans laquelle je la faisais courir. C'étaient nos deux balades quotidiennes. Dans la limite d'une heure chacun. Et pendant ces quelques semaines, ces deux mois, nous ne voyons plus de chien. Ginny ne pouvait plus être socialisée.

J'appréciais mon confinement avec elle et mon mari. D'autant plus que le travail ne se passait pas bien. Ginny était source de motivation et d'imagination. Je passais mon confinement à faire des gâteaux, à regarder la télévision et à jouer avec elle. Je l'éduquais et lui faisais faire de l'exercice dans l'appartement. À défaut de pouvoir la dépenser dans les bois, nous la dépensions mentalement. Je me rappelle un soir particulier. J'avais pris un manche à balai et deux tabourets. Et je m'amusais à lui apprendre à sauter par-dessus. Au début, elle était très maline et passait plutôt sur le canapé qu'au-dessus de la barre. Qu'est-ce qu'elle me faisait rire ! Mais très vite, comme toujours, elle comprit le principe et avalait toutes ses friandises. C'est pendant le confinement que je lui ai appris plein de choses. À faire la belle, à checker, à se coucher, à donner la patte, à tourner… J'ai connu le dog-dancing. C'est une pratique de danse avec les chiens. J'ai trouvé l'idée formidable et j'ai commencé à lui apprendre deux-trois tours à l'aide du fameux clicker. Petit boîtier avec un bouton qui fait un bruit spécial quand on appuie dessus. Le principe est simple : le chien associe ce bruit à une friandise. J'ai découvert qu'elle apprenait beaucoup plus rapidement à l'aide de ce petit boîtier, car elle ne voulait pas toujours de ses friandises. D'ailleurs, elle ne voulait pas non plus de ses croquettes. Ce n'était pas faute d'en avoir essayé plusieurs ! Nous avions opté pour des croquettes faites sur mesure en fonction de son activité, de son poids et de ce qu'on désirait pour elle, en l'occurrence de la prise de poids. Elle avait alors de superbes croquettes personnalisées au saumon ! Mais comme toujours, elle appréciait pendant un mois et s'en lassait. Le système de croquettes à disposition tout le temps ne semblait pas arranger la situation. C'est bien plus tard que nous avons trouvé la solution !

C'est durant ce confinement qu'elle faisait ses dents. Nous ne savions pas quoi lui offrir de plus que ces jouets en caoutchouc. Un matin, au réveil, nous entendions un bruit étrange. Elle mâchait quelque chose. C'est en sortant de la chambre que nous découvrons qu'elle mangeait la connexion filaire à internet… Et elle le fit deux fois ! Nous avions alors acheté de nouvelles choses à mâcher : les fameux bâtons en peau de buffle. Elle le laissa traîner quelques jours avant de le mâchouiller. C'est d'ailleurs aujourd'hui un moment attendrissant. Lorsqu'on l'appelle dans la cuisine pour le lui donner, elle le prend délicatement et doucement dans sa gueule puis s'enfuit en trottinant vers le lit.

J'étais en charge de la promenade de Ginny ce soir-là. Nous sommes partis vers 19 h. Le soleil brillait et les oiseaux chantaient. Nous sommes allés dans ce petit havre de paix entre les bâtiments. J'ai beaucoup joué avec elle au bâton. Quand nous sommes rentrés, il était déjà presque 20 h. Et à cette heure-là, on applaudissait les infirmières qui luttaient contre la COVID19. Nous vivons dans un complexe de bâtiments qui possèdent une cour intérieure. Il y avait un peu d'herbe entre deux bâtiments et j'appréciais laisser courir Ginny dedans. Je lui laissais l'espace de la longe entière, soit 10M. Et elle courait à toute vitesse en cercle, en attrapant bâtons et feuilles qui se trouvaient sur son chemin. Elle était toujours folle quand nous rentrons par-là. C'est donc à 20 h que nous nous retrouvons dans la cour. Les voisins se sont mis à applaudir lorsque nous étions en bas. Personne ne manquait à l'appel. Et tous étaient souriants en voyant Ginny. J'avais comme l'impression qu'ils applaudissaient un peu pour elle. Ça a duré à peu près 5 minutes. Ginny ne courait pas ce soir-là. Mais elle souriait, la langue sortie.

Le confinement passa et fut levé. Nous pouvions alors reprendre les balades dans les bois. Je restais à l'appartement, ne pouvant pas reprendre mon travail pour des raisons médicales. Je souffrais d'une dépression anxieuse. Je restais avec Ginny. Elle m'aidait à m'en sortir. Grâce à elle, je sortais chaque jour. Je prenais ma douche, m'habillais, faisais des choses. Je la promenais tous les matins dans les bois. C'était bon de retrouver le soleil d'été ! Je commençais à faire des balades en soirée avec le comportementaliste et sa chienne. C'était l'occasion de rencontrer deux autres chiens avec qui Ginny s'entendit rapidement. Nous restions jusque tard et la nuit était déjà tombée quand je rentrais. Je croisais alors cette dame, dans les bois, qui vendait des colliers lumineux. Quelle bonne idée ! Nous l'adoptions sur le champ.

Nous rêvions d'un chien sans laisse. Ginny n'avait pas de problèmes particuliers si ce n'est qu'elle ne revenait pas toujours quand on la rappelait. Nous avions opté pour laisser traîner la longe. C'était une fin d'après-midi ensoleillée et nous laissions donc traîner cette longe. Aucun problème. Ginny ne partait pas très loin. Elle reniflait énormément. Mais en descendant une pente, nous voulions tester son rappel. Nous sommes donc partis alors qu'elle refusait de venir à nous. Quand nous nous sommes retournés, nous ne la voyions plus. Terreur. La stratégie était de partir chacun d'un côté de la pente. Nous entendions au loin des aboiements et une dame criait. Mon mari était parti dans cette direction. J'ai tout de suite compris qu'il s'agissait de Ginny. Quand je suis arrivé, mon conjoint avait récupéré Ginny. Je crois qu'il s'agissait d'un bichon en face, avec une dame un peu âgée. Elle criait après nous. Nous hurlait que notre chienne était agressive et qu'elle avait blessé son chien. Je me suis énervée d'un seul coup. J'ai haussé la voix. Ma chienne, agressive ? Jamais ! Elle est sociale ! Elle est gentille, elle ne ferait de mal à personne ! Pour qui se prenait-elle ? Son chien en sang ? Je m'avançais vers elle et rien ! Son chien blanc n'avait aucune trace de sang ! Je partais en lui criant quelques insultes. Personne ne peut s'en prendre à ma chienne. Personne ! Mon mari m'expliqua la scène. Ginny était effectivement près du chien. Sautait sur la dame. Qui soulevait son chien avec la laisse et le faisait tourner autour d'elle. C'est sûr, Ginny a pris ça pour du jeu. Je sais qu'elle joue un peu brutalement. La dame a dû mal interpréter son comportement.

3
Les problèmes

Après cette frayeur, nous ne laissions plus Ginny sans surveillance. Et nous ne l'avons plus jamais fait. C'est en se promenant encore dans ces bois que tout prendra une tournure différente. Après une longue balade, nous rentrons chez nous. Nous croisons deux bergers des Shetlands. Et d'un seul coup, Ginny en attrapa un avec sa gueule. Sans prévenir. C'était la première fois que je la voyais agressive. Grosse peur. Nous avons réagi tout de suite. Une fois que nous l'avons fait lâcher, nous avons donné nos coordonnées à la propriétaire pour d'éventuels frais de vétérinaire. C'était la première fois. Et malheureusement, elle recommença. Et ça s'empirait. Maintenant, elle ne pourrait plus rencontrer de petits chiens sans être agressive. Elle aboyait et essayait de mordre. Puis petit à petit, les gros chiens devenaient aussi un problème.

Qu'avons-nous manqué dans son éducation ? Était-ce le manque de vie sociale durant le confinement ou les agressions subies ? Rapidement, nous avons pris rendez-vous avec le comportementaliste canin, notre ami.

Après un long questionnaire à l'appartement pour comprendre son environnement, il nous apprit un tour intéressant. Il l'appelle le Touch. Il s'agit d'apprendre à Ginny à venir nous toucher la main avec son museau. Cela permet de faire diversion quand elle voit un chien. Après une balade avec lui, il nous apprit aussi à nous comporter avec elle. On était tellement stressés à l'idée de croiser un chien avec lequel elle serait agressive, qu'on se raidissait et qu'on tirait sur la laisse. Le principe était simple : il fallait détendre la laisse sans envoyer de signaux angoissants à Ginny. Je pense sincèrement que nous avons renforcé son comportement en angoissant. Surtout moi. De nature très anxieuse, je suis tétanisée quand je vois un autre chien. Petit à petit, nous nous sommes mis à éviter les bois. En effet, beaucoup de chiens y étaient sans laisse et venaient vers Ginny. C'était difficile de la contrôler et source d'angoisse.

Nous l'avons stérilisée. Nous l'avions prévu dès le début. Cela évite des ennuis et des soucis de santé. Nous avions laissé passer ses premières chaleurs. C'était terrible. Les mâles venaient de loin pour la trouver. Et avec ses soucis d'agressivité, c'était compliqué. Un Golden Retriever a fait une centaine de mètres pour la trouver. Il nous suivait. Nous avions peur qu'il nous suive sur la route. Nous nous sommes arrêtés un instant pour appeler la propriétaire. Elle a mis du temps à arriver, elle était si loin ! J'ai du mal à comprendre comment les gens peuvent oublier leur chien et ne pas se rendre compte de son absence. Bref, elle est venue le récupérer et nous a remerciés.

Quand Ginny est rentrée de son hospitalisation, elle était dans les vapes. Première collerette et premier bobo. J'avais déplié le canapé-lit pour qu'elle puisse y dormir. On lui enlevait la collerette seulement pour sortir. Le problème c'était qu'elle ne bougeait plus quand elle l'avait. Elle ne se nourrissait plus, elle ne buvait plus. Ça nous a vraiment inquiétés. Nous nous retrouvions à lui faire boire au doigt et à la nourrir à la main. Elle ne faisait pas non plus ses besoins. Ça a duré quelques jours. Puis, elle a fini par se soulager sur le lit-canapé. Impossible de faire partir l'odeur. Nous avons tout essayé. J'étais soulagée malgré les dégâts. Le soir, après sa balade, nous avons décidé de lui donner son tout premier steak haché cru. Et je n'avais encore jamais vu ça : elle l'a gobé entièrement ! Je me suis d'abord inquiété, craignant qu'elle ne s'étouffe. Puis, voyant que ça passait, j'ai ri. Enfin, elle se nourrissait ! La cicatrisation se passait bien et elle était vite remise de ce traumatisme.

Nous reprenions petit à petit des balades plus longues. Nous nous promenions dans les bois quand un couple s'est avancé vers nous. Ils avaient du porc cru sur eux, à la suite d'un barbecue. Ils nous demandaient s'ils pouvaient le donner à Ginny. Hésitants, nous avons fini par accepter. Ginny l'a gobé de la même façon que son steak haché ! Et une nouvelle fois, c'est passé. À la suite de quoi elle ne voulait plus se séparer de ces deux inconnus. Nous la surprenions en train de les suivre à notre place ! Plus elle les voyait partir, moins elle avançait. C'était très compliqué de la récupérer.

J'aimais l'emmener côté forêt où il y avait un lac. Beaucoup de chiens s'y baignaient. Elle n'aimait pas l'eau. Cependant, ce jour-là, elle suivait le mouvement des autres et se retrouvait les pattes dans l'eau. Il y avait un tronc d'arbre pas très loin du bord. Elle montait dessus pour ne pas être mouillée. Mais elle glissa une première fois. Et elle nagea pour la première fois. Elle remontait sur le tronc. Puis elle glissa une seconde fois. C'était un moment très drôle à vivre. Un moment doré, une belle journée d'été.

Quelques semaines passaient, puis nous avions des invités. C'est la première fois que la cousine de mon mari rencontrait Ginny. Adorable, elle s'est vite fait aimer de tous. Nous la promenions le soir, en ville. Quand je me suis retournée vers elle, elle avait un os à la gueule et l'avala ! C'était le début des ennuis. J'étais la seule à m'inquiéter. Il y a une pensée commune que les chiens mangent les os. J'appelais tout de même le vétérinaire d'urgence, ouvert 24 h/24 h et 7J/7. Et là, ce fut un vrai drame. Il fallait l'emmener d'urgence. Nous avions une heure. Les chiens peuvent ronger des os crus, mais de là à avaler un petit os cuit ! C'était dangereux pour un chien de sa taille. On me parlait rapidement d'intestins ou d'estomac percés et d'occlusion intestinale.

Sa cousine et son copain nous emmènent en voiture dans ce cabinet. On lui rase une patte pour lui poser un cathéter et pour lui faire une prise de sang. On lui rase le ventre pour lui faire une échographie. Sur la table froide du vétérinaire, Ginny est inquiète, mais reste sage. Le verdict est tombé, ça sera une opération. Il faut le lui enlever. Mon monde s'écroule. Le temps est long. L'opération dure. On a été rappelé et il nous montra la taille de l'os qu'elle avait avalé. À peu près huit centimètres, cassé en pointe. En seulement une heure, elle aurait pu mourir.

Nous sommes allés chez mes parents cet été-là. À la campagne. Stela est toujours là, en battante. Elle se bat formidablement contre le cancer. Nous allions la garder une semaine pour que mes parents partent en vacances. Stela ne supporte pas la voiture. Cela voulait dire une semaine de jardin pour Ginny. Bien sûr, nous gardions les balades quotidiennes. Elle refusait de faire ses besoins dans le jardin. Nous promenions Stela une fois par jour avec Ginny, le soir. Ça la changeait du jardin. Elle pouvait renifler, courir et jouer. Il est important pour la santé psychique de nos chiens de les laisser renifler de nouvelles odeurs chaque jour.

Nous avions pris le train pour arriver à destination. Le TER. Ginny était adorable. Elle dormait paisiblement ou regardait par la fenêtre. C'était une heure de câlin. Quand nous sommes finalement arrivés, elle ne pouvait cacher sa joie. Elle sautait sur Stela, l'invitait au jeu immédiatement et courait à toute allure dans le jardin. Quand elle est heureuse, dans un endroit qu'elle apprécie, elle se met à courir en cercle. Elle est tellement rapide ! Elle peut parfois mordiller les jambes, pour demander le jeu. Le premier soir, nous nous promenions au coucher de soleil dans les prairies derrière chez mes parents. Nous passions par les bois. Nous nous sommes arrêtés à un coin spécial. Un coin avec un bac à sable blanc. Ginny était folle ! Elle creusait, courrait, tournait en rond et recommençait. Stela était plus calme, habituée à ces endroits. Je rêve du jour où nous emmènerons Ginny à la plage. Elle adorera les longues étendues de sable.

La semaine passait à toute vitesse. Nous apprécions chaque moment passé avec nos chiens. Chaque barbecue où Ginny faisait les yeux doux pour avoir un morceau. Mais nous étions fermes là-dessus : ne jamais lui donner ce qu'on mange quand on est à table. Elle se montrait irrésistible et c'était difficile de lui dire non. Mais nous résistions. Stela, quant à elle, mangeait le charbon du barbecue. Pour éviter qu'elle ne se blesse, car le charbon était encore chaud, nous étions obligés de lui bloquer l'accès.

Ginny appréciait le jardin jusqu'au dernier jour. Nous lui découvrons une agilité particulière pour s'évader. Elle avait trouvé le seul petit trou de grillage pour se faufiler dans le jardin des voisins ! Pour la faire revenir, j'ai d'abord couru après elle. Voyant que ça l'amusait, mon mari décida de changer de technique et l'appéta à l'aide de friandises. Tout en lui donnant des ordres, il parvint à la faire revenir vers lui pour lui mettre la laisse. Nous ne la laissons plus sans surveillance dans le jardin de mes parents.

Elle m'inquiétait parfois, restant au soleil durant une bonne heure. Je la rentrais en intérieur pour éviter le coup de chaud.

Nous nous promenions dans la ville médiévale d'à côté. Le Loing y passe et l'accès y est facile. Il y a un coin où l'eau est progressive. Ginny nous a fait le plaisir de se mouiller les pattes. Elle est même allée jusqu'au ventre dans l'eau ! Nous traversions le Loing à pied, l'eau ne montait pas plus haut que les mollets. Pourtant, d'habitude, à la moindre flaque d'eau, Ginny soulève sa patte dans un air de princesse. D'habitude, elle contourne l'eau. Elle ne veut pas toucher l'eau, elle ne veut pas se salir.

Nous rentrons chez nous et Ginny était épuisée de son séjour. Elle avait tant joué, découvert de nouveaux lieux, reniflé ! Nous repartions pleins de bons souvenirs en tête.

Quelques mois passaient et nous revoilà déjà à l'automne. Nous profitions des feuilles mortes et de l'été indien pour faire une très longue balade à Ginny. Nous allions côté forêt, vers le lac. Lac dans lequel elle ne se baigna pas. Elle n'était toujours pas une grande fan de l'eau. Elle faisait la folle au milieu des feuilles mortes et des marrons. Par inadvertance, elle mangea un demi-marron.

Nous avions un ami à l'appartement ce soir-là. Le fameux comportementaliste canin était venu. Elle commença à vomir, la nuit tombée. Une fois, puis deux, puis vingt. En quelques heures, elle avait vomi vingt fois ! Nous étions inquiets. Le comportementaliste nous suggéra de l'emmener chez le vétérinaire d'urgence. Nous l'emmenions grâce à lui et j'avais la boule au ventre. Sur sa table grise et froide, le vétérinaire lui rasa de nouveau la patte pour lui faire une prise de sang. Le temps de savoir ce qu'elle avait, je suis allée fumer dehors avec le comportementaliste. L'angoisse montait chaque minute. Je venais d'apprendre que ma dépression anxieuse n'était pas isolée. J'étais malade des émotions et de la personnalité. Alors, ce moment-là, je le vivais avec une telle intensité que je pouvais à peine le supporter. Chaque seconde était un supplice. Qu'avait mon bébé ?

On le savait enfin. En effet, il ne s'agissait pas d'une gastro, mais bien d'une hépatite. Le marron qu'elle avait mangé était toxique pour les chiens. Comment pouvions-nous le savoir, nous, propriétaires novices ? Cette fois, il la garda pour la nuit et la journée suivantes. Le vétérinaire nous a laissé lui souhaiter une bonne nuit. Elle était dans une toute petite cage en métal gris. Empilées les unes sur les autres, elles nous paraissaient être inconfortables. Elle avait la place du bas. Nous nous baissions pour la trouver au fond de sa cage, allongée, toute petite. J'avais peur qu'elle ait froid, son ventre rasé. Ou qu'elle se sente seule, abandonnée. Il s'agissait sincèrement de l'au revoir le plus dur que j'ai dû lui faire.

Nous rentrons à l'appartement sans elle. Ses jouets étaient éparpillés un peu partout dans le salon. Sa gamelle était encore pleine et son eau n'était pas descendue. C'était vide. Sans elle, tout paraissait si vide. Il n'y avait aucun bruit. Pas de griffes qui claquaient le parquet. Elle ne jouait pas ce soir. Et elle ne m'attrapait pas non plus le pantalon. Je pleurais. Je fondais en larmes. Elle me manquait terriblement. L'émotion était encore vive. La nuit passa. J'appelais le vétérinaire à l'ouverture du cabinet. Nous pouvions la récupérer en fin d'après-midi. Encore une longue journée sans elle.

Elle allait beaucoup mieux quand nous l'avons récupérée. J'étais soulagée de la retrouver. Je ne pouvais pas vivre un instant de plus sans elle.

Ce n'était que le début des ennuis. La ville regorge de dangers. Des os de poulet cuits à tous les recoins. Nous nous sommes aperçus que les os étaient déposés ici et là par les corneilles qui trouaient les sacs poubelles de la ville. Chaque balade devint anxiogène pour moi. J'avais peur qu'elle avale un nouvel os, qu'elle agresse des chiens, qu'elle aille sur la route… Et elle confirmait mes angoisses. Elle trouva et avala un nouvel os. L'événement se reproduisit. Véto et opération. Elle agressait chaque chien qu'elle croisait. Et j'étais effrayé qu'un jour, un chien lui réponde et la morde. J'avais simplement peur qu'elle meure.

4
Les peurs du quotidien

Je suis malade et Ginny est devenu mon chien de support émotionnel. J'ai ce petit papier, qui stipule ce statut. Cependant, elle m'apporte autant de joies que d'angoisses. Il faut dire qu'elle n'a pas été éduquée en tant que chien de support. Malgré ça, elle m'aide au quotidien. Elle m'apporte beaucoup de joie et de tendresse. J'ai compris que lorsqu'elle « m'attaque » le soir, elle ne demande qu'à jouer avec moi. Alors, quand je le peux, je sors un jouet et le lui lance. Ça la calme. Tous les soirs, elle monte sur le meuble de télévision et s'installe devant l'écran. Elle demande ses jouets qui sont en hauteur. Ces jouets en mousse qu'on ne lui donne qu'avec surveillance.

Ginny est indépendante. Nous avions choisi cette race pour ce critère. Nous craignions l'hyperattachement du chien et toutes les problématiques des journées de travail. La journée,

Ginny dort. Elle ne nous fait pas la fête quand nous rentrons. Elle ne vient que rarement nous saluer. Mais quand elle installe sa tête sur ma jambe, c'est d'autant plus précieux. Nous avons passé comme un contrat avec mon mari : celui qui a le câlin ne se lève pas. Chose assez drôle sur Ginny : elle nous pique nos places. Il suffit qu'on se lève une seconde pour qu'elle saute à notre place et qu'elle fasse mine d'y dormir.

Le matin, elle s'enfuit dans le lit quand on se réveille. C'est adorable, elle fait sa tanière sous la couette. Elle ne fait dépasser que sa queue. Nous nous ruons à la porte de la chambre quand elle y entre. Juste pour la voir faire son nid à l'aide de son museau.

Elle est devenue ma maison. Quand je suis avec elle, je me sens chez moi. Elle est l'essence de notre appartement. La vie de notre cocon. Et en l'espace d'une semaine, elle est devenue essentielle.

Je me suis attachée rapidement à elle. Mais ses problèmes de santé et d'agressivité m'ont enfermé dans une spirale infernale. Je l'aime de tout mon être et j'ai peur de la perdre. Je me suis rendu compte qu'il suffisait d'un os, d'une seconde, d'un grand chien pour la perdre. Sa vie est si fragile. Alors j'ai développé de l'hypervigilance. Je scrute chaque parcelle qu'elle renifle pour y détecter le moindre os, je scrute la rue à la recherche d'autres chiens, je la garde près de moi pour lui éviter la route. Chaque centimètre de rue me paraît dangereux. Je la stresse. Je tire sur la laisse, je l'empêche de renifler certains endroits. J'ai peur. Je ne vais plus dans les bois. Les chiens sans laisse m'effraient. J'ai peur des petits chiens, car je me dis qu'elle peut leur faire du mal. J'ai peur des grands gabarits, car je me dis qu'ils ne feront qu'une bouchée d'elle. J'ai peur qu'un chien ait peur d'elle et finisse par la mordre ou par démarrer une bagarre.

J'ai peur quand on va chez nos proches aussi. Chez mes parents, elle a trouvé comment s'enfuir. Le seul petit coin sans grillage. Un tout petit coin. Étonnant qu'elle y passe. Je ne la mets plus dehors. Mais depuis quelque temps, j'ai peur aussi pour Stela. Ginny ne la supporte plus. C'est arrivé d'un coup. Un jour de visite, elle l'a vue et lui a sauté dessus. Elle n'a pas réussi à la mordre. Mais elle lui a fait suffisamment peur. Désormais nous ne l'emmenons plus chez mes parents. Nous la faisons garder. Le plus souvent chez notre ami comportementaliste. J'ai confiance en lui et elle l'adore. Il prend si bien soin d'elle, qu'elle ne veut pas repartir. Et il lui faut quelques jours pour récupérer des longues balades qu'il lui fait faire.

J'ai peur quand on va chez nos amis ou quand ils ramènent leur chien à l'appartement. Elle a commencé à faire de la protection de ressource. Elle protège ses jouets, ses os en peau de buffle et autres accessoires. La dernière fois que nous l'avons emmenée avec nous chez des amis, elle a commencé une bagarre avec son copain. Il faut dire qu'il n'est pas très doux non plus.

Bref, j'ai peur. De la perdre. J'ai des phobies. Je me fais des films. Le matin, quand mon mari la sort, j'ai peur d'un accident. J'ai peur qu'il rentre sans elle. Ou qu'il ne rentre pas et passe directement par le vétérinaire.

Au moment de quitter la maison, j'ai peur aussi. J'ai peur de la laisser toute la journée seule. Qu'elle s'étouffe avec un bâton en peau de buffle, qu'elle trouve le moyen de sortir de l'appartement, qu'un feu se déclare. J'ai peur de tout ce qui pourrait arriver. J'ai peur d'avoir oublié de fermer une porte, ou des fils qui dépassent. Le soir, quand je la promène, j'ai peur qu'elle se fasse percuter par une voiture. Pourtant, elle reste sur le trottoir. C'est irrationnel. À hauteur de l'amour que je lui porte.

Alors, chaque jour, je profite d'elle au maximum. Je la couvre de bisous et de caresses. Elle déteste ça. Je passe aussi beaucoup de temps à l'admirer. Elle est si mignonne quand elle dort, adorable quand elle joue. Elle aime se poster devant la fenêtre. Elle passe des heures à regarder dehors. La première fois qu'elle a « aboyé », c'était sur des pigeons. Elle a levé la tête en arrière et a sorti le son le plus mignon que j'ai entendu. Elle a échoué à son aboiement. Elle a fait un petit « Awou » très aigu et très doux entre deux grognements.

L'été nous prenons doublement soin d'elle. Cet été, la canicule était forte et le thermomètre dépassait les 40 degrés. Nous n'avons pas de climatisation. J'avais peur du fameux coup de chaud que les chiens peuvent endurer. Alors nous avons été très créatifs. Nous lui avons mis une serviette mouillée au sol, pour qu'elle puisse se rafraîchir le ventre et les pattes. Nous lui donnions des glaçons et du fromage congelé dans ses jouets. Elle jouait avec les glaçons, mais ça la rafraîchissait tout de même, j'imagine. Nous lui avons fait découvrir la pastèque pour qu'elle s'hydrate davantage en prenant toutes les vitamines de ce fruit. Et bien sûr, nous veillons à ce que sa gamelle d'eau soit toujours remplie. Nous la promenons tôt le matin, et tard le soir. Nous évitons les horaires de fortes chaleurs afin qu'elle ne se brûle pas les pattes. Nous privilégions aussi les balades dans les bois, pour éviter le goudron brûlant.

5
Le présent

C'est à l'automne que je découvrais une seconde fois un salon parisien dédié aux animaux de compagnie. Comme d'habitude, je suis rentrée bien chargée. J'avais découvert des friandises, des jouets, un laser pour chat, un tapis de léchage et un tapis de fouille. Tout pour faire plaisir à Ginny. Elle fut totalement fan du laser. Elle aime encore le chasser, courir après, sauter dessus, le chercher… C'est un total succès ! Je me demande parfois pourquoi on lui achète tant de jouets alors qu'un laser et qu'une bouteille en plastique vide lui suffisent pour être la plus heureuse.

Le tapis de léchage et le beurre de cacahuètes spécialement conçu pour chien lui plaisent énormément. C'est un petit tapis en silicone avec des formes géométriques qui font de petits trous. Nous étalons alors beurre de cacahuète ou fromage dessus.

Mieux encore, l'été, nous le congelons. Elle passe alors énormément de temps dessus.

Plus tard, nous lui avions fait tester les pancakes. C'était très drôle à voir. Le pancake se collait à sa langue et elle faisait une drôle de tête pour le manger.

Le tapis de fouille fut un franc succès également. Il s'agit d'un tapis qui permet de cacher de la nourriture. Le chien doit alors utiliser son flair pour trouver les friandises ou les croquettes. Désormais, elle mange tous ses repas du soir dans le tapis de fouille. C'est d'ailleurs comme ça qu'elle a finalement pris un kilo ! Le vétérinaire n'était pas franchement heureux de cet exploit en nous rappelant qu'il s'agissait de 10 % de son poids. Nous sommes satisfaits. Elle a enfin le poids idéal. 10 kilos d'amour. C'est d'ailleurs dans cette visite annuelle que nous parlions de son souci de queue. En effet, Ginny souffrait terriblement lorsque quelqu'un lui dépliait la queue. Elle pleurait et criait très fort. Quand elle court, elle s'arrête instantanément parce qu'elle semble gênée par sa queue. Il nous dit qu'il s'agissait soit d'une fracture, d'une malformation ou d'une maladie neurologique. Il nous parlait alors d'ablation. J'étais contre. Il y avait une chance non nulle que cela ne règle pas le problème. En effet, si c'était neurologique, les douleurs persisteraient. Elle peut également développer le syndrome du membre fantôme. Et qu'en sera-t-il de son agressivité si elle se sentait en position de faiblesse sans sa queue ? Je lui ai demandé une radiologie. J'étais terriblement anxieuse quand nous attendions les résultats. Il revint après une bonne quinzaine de minutes. Ginny n'avait pas crié. Il nous expliqua qu'il lui avait déplié la queue au maximum pour la radio et qu'elle n'avait pas montré de signe de douleur. Nous étions surpris. C'était bien la première fois ! Sur la radio, rien d'alarmant. Quelques suros, mais rien de bien douloureux. Il pencha alors vers un diagnostic neurologique. Elle aura des médicaments pour humains à prendre. J'étais très inquiète. Le vétérinaire me rassura en me disant qu'il n'y avait aucun risque avec ce médicament et qu'il était également utilisé pour les chiens très agressifs. Cependant, nous n'avons pas observé de changement de comportement concernant son agressivité.

Nous avons eu l'ordonnance assez rapidement. Et je suis tout de suite allée chercher les médicaments. Nous lui donnions le soir même. Pour lui faire avaler un médicament, nous sommes obligés de le cacher dans du fromage. Elle est bien contente d'avoir du fromage deux fois par jour, le matin et le soir. Pour le moment, nous ne voyons aucun symptôme secondaire. Ginny se porte très bien. Elle est toujours aussi folle le soir et aime toujours autant ses balades. Bien qu'elle soit parfois encore agressive, la situation devient de plus en plus gérable.

Je profite de ce médicament pour tenter de la ressortir seule. Je m'entraîne d'abord avec mon mari. Il me laisse prendre la laisse et gérer certaines situations, mais reste près de moi. J'ai fait quelques fois seule la petite boucle qu'on lui faisait faire quand elle était chiot. Il y a désormais des chèvres au bout de cette rue. Ginny est curieuse en les voyant. Elle s'arrête, les regarde, renifle en l'air…

Elle a toujours été très curieuse. La première fois que nous avons ouvert la fenêtre en sa présence, elle est allée se balader sur le rebord. Bien sûr, c'est protégé par une barrière qu'elle ne peut franchir. Mais quand elle était un chiot, elle avait peur de tout. Elle avait une phobie certaine pour les portes de garage. On ne pouvait pas passer devant. Elle avait peur des motos, à l'arrêt ou sur la route. Elle pouvait avoir peur de tout objet qui sortait de l'ordinaire. Elle aboyait la première fois qu'elle a vu une trottinette, des rollers, des skateboards… Tout ce qui possède de petites roues. Nous la laissions renifler, dans la mesure du possible, l'objet de ses peurs. Et généralement, c'était le remède.

Aujourd'hui Ginny a rêvé. Elle faisait des petits bruits sur le canapé. Elle aboyait doucement. Elle gigotait les pattes. Et c'était adorable. J'ai été attendrie par ce phénomène qui n'arrive que rarement.

Je lui souhaite de doux rêves chaque jour. Et j'espère pouvoir en réaliser certains. La laisser courir dans une prairie, dans une forêt, sur une plage… Partout où elle le voudrait. Tant qu'elle est heureuse. Et qu'on lui offre la meilleure vie possible. Elle m'a tant appris. Tant apporté de douceur et d'amour. Je lui suis redevable. Et je te fais la promesse, Ginny, de t'apporter de nouvelles expériences chaque fois que j'en aurai l'occasion. Je t'aime.

Imprimé en Allemagne
Achevé d'imprimer en janvier 2024
Dépôt légal : janvier 2024

Pour

Le Lys Bleu Éditions
40, rue du Louvre
75001 Paris

LE LYS BLEU
ÉDITIONS

www.ingramcontent.com/pod-product-compliance
Lightning Source LLC
Chambersburg PA
CBHW062348010826
49168CB00024B/314

9791042221515